I0689888

Clemens Brentano

**Aus der Chronika eines fahrenden Schülers**

Zweite Fassung

Clemens Brentano

**Aus der Chronika eines fahrenden Schülers**
*Zweite Fassung*

ISBN/EAN: 9783337354329

Hergestellt in Europa, USA, Kanada, Australien, Japan

Cover: Foto ©Andreas Hilbeck / pixelio.de

Weitere Bücher finden Sie auf **www.hansebooks.com**

# Aus der Chronika eines

# fahrenden Schülers (Zweite Fassung)

## Clemens Brentano

### Vorwort

Vor funfzehn Jahren machte es mir Freude, die folgende einfache Geschichte niederzuschreiben. Sie sollte nur die Einfassung mehrerer schöner altdeutschen Erzählungen sein, die sie mit mancherlei Ereignissen aus dem Zusammenleben des alten Ritters Veltlin von Türlingen und seiner drei Töchter unterbricht, mit deren Versorgung und der Abreise des Erzählers sie schließt. So lieb ich das Gedicht hatte, blieb es doch unterbrochen; der Sinn der Leser schien dazu zu fehlen. Jetzt, da diese Erzählung mehr, ja selbst die altdeutschen Röcke vor sich hat, fiel sie mir wieder in die Hände, und ich versuche es, sie den Lesern vorzulegen mit der Erinnerung, daß sie zu pädagogischen Zwecken entworfen worden, als ich von der sogenannten Romantik noch wenig wußte, und daß sie daher neben den allerneuesten Ritterromandichtern in ihrer redseligen Einfalt um Schonung bittet. Sollte dem Leser, durch Eisenfresserei und Isländisches Moos verwöhnt, diese Geschichte wie unsre deutsche Kamillen--und Hollunderblüte nicht behagen, so bringe er sie einem kranken Freunde oder Mägdelein, denen sie Gott gesegnen möge!

Im Jahr, da man zählte nach Christi, unsers lieben Herrn, Geburt 1358, am zwanzigsten Tage des Maimonats, hörte ich, Johannes, der Schreiber, die Schwalbe in der Frühe an meinem Kammerfenster singen und ward innigst von dem Morgenlied des frommen Vögeleins erbauet, bedachte auch auf meinem Bettlein, wie die Schwalbe in daurender Freude lebet, gegen den Winter in ferne wärmere Länder ziehet und, der Heimat getreu, gegen den Frühling wiederkehrt; also nicht der Mensch, der arme fahrende Schüler, der wohl viel gegen Sturm und Wetter ziehen muß, ja der oft kein Feuer findet, die erstarrten Hände zu erwärmen, daß er sie falte zum Gebet; aber so er es ernstlich meinet, haucht er hinein.

Da ich in solchen Betrachtungen versunken war und das Schwälblein auch auf seine Weise fortphantasierte, wäre ich schier wieder eingeschlummert, aber der Wächter auf dem Münster blies: "In süßen Freuden geht die Zeit", welches ich hier noch nie gehöret; denn ich war zum ersten Male in Straßburg erwacht.

Nun richtete ich mich in meinem Bettlein auf, und schaute in meinem Gemache umher; das hatte aber Fenster rings herum und war in einem Sommerhäuslein des Gartens. Links stand der Mond noch blaß am Himmel, und rechts war der Himmel wie das lauterste Gold. Da fand ich mich zwischen Nacht und Tag und faltete die Hände, und es fiel mir freudig aufs Herz, daß heute mein zwanzigster Geburtstag sei, und wie mir es viel besser geworden als in dem letzten Jahre, da ich meinen lieben Geburtstag auf freiem Felde in einem zerrissenen Mäntelein empfangen und mit einem Bissen Almosenbrot bewirten mußte. O Freude und Ehre! dachte ich bei mir selbst und schaute zum Morgenlichte hin und sprach: "Du bist mein Licht, du wirst mein Tag!", glaubte auch schier in meiner Einfalt, der Himmel sei golden um meines Besten willen, die Schwalbe habe nur gesungen, mir Glück zu wünschen, und der Türmer habe allein so lieblich geblasen mir zur Feier; da der Himmel sich doch nur gerötet vor der Sonne, die der Herr gerufen, da die Schwalbe doch nur gesungen in Gottes Frühlingslust, und der Wächter nur geblasen zu Gottes Ehren, ja wohl gern noch ein Stündlein geschlafen hätte, so es ihm von den Münsterherren verstattet wäre. Also wird der Mensch leicht übermütig in der Freude, und glaubet, er sei recht der Mittelpunkt aller Dinge, und sei er mit allem gemeint. Da ließ ich die Augen fröhlich in der Kammer umherschweifen, und sah auf dem Schemel ein neues Gewand liegen, das mir mein gütiger Herr und Ritter Veltlin von Türlingen am Abend im Dunkeln hatte herauftragen lassen, und konnte ich meine Begierde nun nicht länger zurückhalten, sprang auf von meinem Lager, und legte diese Kleider nicht ohne Tränen des Dankes an. Es war dies aber ein feines blaues Wams, um die Lenden gefaltet und gestutzet, und rot und weißes Beinkleid von ländschem Tuch, auch stumpfe Schuh und eine schwarze Kogel mit einer blauen Feder, nicht zu vergessen ein Hemmet von weißem Hauslinnen, am Halse bunt genäht und gekrauset, dergleichen ich vorher nie getragen. Da ward es mir fast leicht und fröhlich zumute, und hätte ich wohl mögen einen Sprung tun, als hätte ich einen neuen Menschen angezogen mit dem neuen Kleide.

Aber meine Hoffart währte nicht lange; denn mein zerrissenes Mäntelein, welches ich als einen Vorhang vor das Fenster gehängt hatte, erleuchtete sich durch die aufgehende Sonne, und alle seine Löcher waren so viele Mäuler und alle seine Fetzen so viele Zungen, die mich meiner törichten Hoffart zeihten. Es war, als sage das Mäntelein zu mir: "O Johannes, bist du ein so eitler Kaufherr, daß du, angelanget in den Hafen, des zerrissenen Segels vergißt, das dich in denselben geführet? Johannes, bist du ein so stolzer Schiffbrüchiger, daß du das Brett, welches dich mit Gottes Hülfe an ein grünes Eiland getragen, mit dem Fuße undankbar in die Wellen zurückstößest? O Johannes, du undankbarer Freund, willst du, gerettet, mich nicht auf deinen Schultern in ein Gotteshaus tragen und aufstellen als ein Gedächtnis, daß sich Gott deiner erbarmet?"

Ach, das waren wohl harte und wahre Worte meines Mänteleins, und ich nahm es mit Schämen von dem Fenster, und legte es um über meinen neuen Staat, und faßte es fest mit den Händen um die Brust, als wollte ich es um Verzeihung bitten, und ging mit dem Gedanken die Treppe hinab in den Garten: Wenn ich ein armer fahrender Schüler gewesen bin, so werde ich immer ein armer fahrender Schüler bleiben; denn auf Erden sind wir alle arm und müssen mannigfach mit unserm Leben herumwandeln, und lernen, und bleiben doch arme Schüler, bis der Herr sich unser erbarmet, und uns einführet durch seinen bittern Tod in das ewige Leben.

Da ich nun in den Garten gekommen war, den ich vorher auch noch nicht gesehen--denn mein gnädiger Herr und Ritter war den Abend spät mit mir angekommen und ich im Finstern in mein Stüblein gebracht worden--, konnte ich vor Staunen und Betrachten der neuen Dinge um mich her auch nicht zum Gebete kommen. Ich fand mich von den schönen Laubgängen, Zierfeldern und Pflanzen und den blühenden Bäumen schier ebenso sehr überraschet als von meinem neuen Gewande. Ich fand mich gleich einem neugebornen Kinde, welches mit allem spielt, und noch nicht beten kann, und erst nach einiger Erfahrung in der Süßigkeit des Lebens seine Hände zum Danke falten lernet. Der blühende Mai, das lustige Singen der Vögel, die vielen jungen Kräuter und Blümlein, die mit Taublicken vor der Sonne erwachten, der kühle Wasserstrahl, welcher in einem mit bunten Kieseln und Muscheln ausgelegten Brunnen tanzte, schienen mir alle so neu und wunderbar, als hätte ich dergleichen niemals gesehen, und wußte ich auch nicht, was aus allem diesem werden sollte.

So wie die lieben Kinder durch die Blumen gehen und sie brechen, und Kränze winden und sich bei den Händen fassen und mit den Kränzen im Kreise tanzen, gleichsam selbst ein lebendiger Blumenkranz; wie sie aber nicht gedenken der Frucht im treibenden Sommer, und der Ernte im reichen Herbst, und des Todes in dem trüben, tiefsinnigen Winter: also wandelte auch ich armer Schelm wie ein einfältiges Kind ohne Witz durch den Garten und konnte vor großer Bewegung über mein neues Glück, das mir gestern früh noch nicht geträumt hatte, nicht zum Gebete gelangen.

Mein freudiges Erstaunen wollte aber nicht lange dauern; denn als ich meine Augen ersättiget hatte, ward es mir als einem Hungrigen, der sich ohne Gebet zu einer reichlichen Mahlzeit gesetzet hat, welche ihm Gott darum nicht gesegnet. Alle das häusliche, wohlgepflegte Behagen des schönen Ziergartens erfüllte mich mit traurigen Gedanken, und die Armut, die Einsamkeit meines eigenen Lebens trat mir in dieser reichen Umgebung zum erstenmal recht lebendig vor die Seele. Was mag trauriger sein als das Bild eines Bettlers, auf goldnem Grunde gemalet?

"O meine Mutter", sagte ich mir, "wer war sanfter und schöner, und feiner und edler als du, wer war würdiger, zwischen Blumen zu wandeln, als du, die wohl ihre Schwester und Gespielin sein konnte? Standen die Tränlein nicht auf den Wangen wie die Tautröpflein auf diesen Rosen, gingst du nicht durch den Wald wie ein Lüftlein durch die Blüten, und waren deine Augen nicht getreu und süß schauend wie die blauen Veilchen, deine Lippen nicht wie

5

die rosinfarbenen Nelken, und flog dein gelbes Haar nicht wie der Sonnenschein? Aber du mußtest gehen wie Hagar mit deinem Ismael durch die Dornen in der Wüste. Ach, warum ward nicht dir so ein Garten und so ein Haus, und warum wohnest du zwischen fünf Brettern und zwei Brettlein und bist deines Lebens nicht froh geworden noch deines Todes? Sie haben dir keinen Kranz geflochten. Mir aber ist nichts geblieben als deine Zucht, und ich kann dein nicht gedenken in Freuden, denn mir gehöret nichts als die Armut, und ich habe keinen Säckel, aus dem ich dir das schönste Grab könnte erbauen lassen von Marmelstein und Gold."

Wie traurig ward ich da und wendete meine Augen von allem, was ihnen wohlgefiel, und wollte nichts anschauen, weil sie es nicht mit mir sehen konnte, weil sie ihre Augen nie mit so erlaubter Lust erquicken konnte. Auch fiel es mir bittrer noch auf die Seele, daß ich eines Ritters Sohn sei, ohne Wappen und ohne Waffen. Tränen füllten mir die Augen, und Unwill erfüllte meinen ganzen Leib, der in dem neuen geschenkten Gewand zu brennen schien, und ich spannte mein enges, durchlöchertes Mäntelein so um mich, daß es noch mehr zerrissen.

So schritt ich, als suche ich die Wildnis, nach einem einsamem ungepflegten Teile des Gartens, und kaum stand ich im hohen Gras unter hohen Linden, so konnte ich schon nicht mehr begreifen, wie dieser innre Schmerz und Zorn in mich zum ersten Male in meinem Leben gekommen sei, und gegen die Mauer des Gartens schreitend, sah ich an derselben in einem tiefen Bogenraum ein Heiligenhäuslein angebracht, darinnen war wohlvergittert ein buntgemaltes Schnitzwerk, die Anbetung der heiligen drei Könige im Stall zu Bethlehem, aufgestellt. Davor kniete ich nieder ins Gras und betete von ganzem Herzen. Da zerrann bald all mein Leid und meine Hoffart vor dem Sohne Gottes, der nackt und arm in einer Krippe vor mir lag, und dem doch die Könige dienten. Wie fühlte ich mich in meiner Ungebärdigkeit beschämt! Und da ich mich mit Tränen angeklagt hatte, dankte ich von ganzem Herzen dem Herrn, daß er mich armen fahrenden Schüler nicht vergessen, und mich durch seine Barmherzigkeit zu meinem gnädigen Herrn und Ritter gebracht, gelobte auch, ferner mich aller Hoffart zu enthalten und die Künste, welche ich durch seinen Beistand mit schwachen

Sinnen erlernet, zur Mehrung seines Reiches auf Erden treu anzuwenden.

Da ich nun nach solchem Gebete einen merklichen Trost in meinem Herzen spürte, nahm ich ein gülden gewirktes Band, worauf das Ave Maria stand, aus meinem Gebetbüchlein, und hängte es, durch das Gitter langend, dem Bilde der Jungfrau Maria über den Arm, als das Opfer eines törichten Menschen, der vor ihrem Sohne betend Trost gefunden hatte. Dieses Band aber war mir das Liebste, was ich hatte. Eine fromme Klosterfrau, meiner selgen Mutter Befreundte, hatte es mir einst für ein Lied, das ich ihr gedichtet und gesungen, geschenket, und war es zu Marburg an St. Elisabethen Grab angerühret worden; ich aber hatte es bisher als einen Blattzeiger in meinem Gebetbüchlein geführet. Dann nahm ich auch mein Mäntelein ab, und rollte es zusammen in einen langen Wulst und flocht es durch die obern Stäbe des Gitters vor dem Bilde, als einen aufgerollten Vorhang, zum Gedenken meiner zeitlichen Armut, welche durch Gott sich in Freud und Fülle gewandelt hatte. Nun wendete ich mich nach dem Garten zurück, der mir ganz anders erschien als vorher.

So mag nichts vor dem Gemüte des Menschen bestehen, welches alles nach sich umgestaltet. Jetzt, da ich gebetet hatte, erschienen mir alle die roten, leibfarben und weißen Blümlein des Gartens jene Blumen, durch die der König Ahasverus in seinem Schloßgarten zu Süsan gewandelt, seines Zornes zu vergessen. Ja, es war mir, als sei der liebe Gott durch diese Blumen gegangen und habe seinen gerechten Zorn über meine Ungebärde hier an der Lieblichkeit seiner Werke gesänftiget; denn hier an diesem ersten Morgen meines zwanzigsten Jahres ist mir vieles Licht in der Seele aufgegangen, und ist mir der Frühling ein weiser Lehrer geworden.

Besonders aber hat mich der hohe Münsterturm erschüttert, als ich aus einem schattichten Baumgang hervortrat und ihn über die Dächer der Nachbarhäuser auf mich niederschauen sah. War mir es doch im Anfang so bange vor ihm, wie es einer Grasmücke sein muß, wenn ein Riese den Busch über ihrem Neste öffnet und auf sie niederblickt. Alles Menschenwerk, so es die gewöhnlichen Grenzen an Größe oder Vollendung überschreitet, hat etwas Erschreckendes an sich, und man muß lange dabei verweilen, ehe

7

man es mit Ruhe und Trost genießen kann.

Ich habe dieses aber nicht allein bei dem Anblick dieses schwindelhohen Turmes empfunden, sondern auch bei gar lieblichen und feinen Werken, von welchen ich nur nennen will die überaus feinen und natürlichen Gemälde des Malers Wilhelm in Köln, der von den Meistern als der beste Meister in allen deutschen Landen geachtet wird, denn er malet einen jeglichen Menschen von aller Gestalt, als lebe er. Die Werke dieses Wilhelms aber, die ich zu Köln gesehen, sind dermaßen zart, fein, scharf und lebendig, daß man schier glauben sollte, sie seien von Händen der Engel gemacht, und erbebet man bei ihrem Anblick, weil sie zu leben scheinen und doch nicht leben. Man fühlet da wohl, daß der Mensch etwas sein und schaffen kann, was viel herrlicher ist als sein gewöhnliches Sein und Schaffen, und man erschrickt darüber, daß diese Herrlichkeit so fremd und selten ist; daher wohl eine Menge Sprossen auf der Leiter zu dieser Vollkommenheit wo nicht fehlen, doch unsichtbar sein müssen und wir alle wohl tief herunter geworfen sind.

Die gewaltige Künstlichkeit des wunderwürdigen Münsterturms hätte mich beinahe wieder niedergeschlagen; denn ich bedachte mit Verwunderung, wie ich doch unter den hohen Eichen, in finstern Wäldern, auf hohen Bergen, an steilen Abgründen und bei stürzenden Wasserfällen in einsamen Tälern recht in Einöde, ja ganz verlassen, auch wohl gar hungrig gesessen und mich doch nicht so bewegt gefühlt als bei dem Anblick dieses Turmes. Wenn ich die Blätter und Zweige der Bäume betrachte, so frage ich nicht, wie sie da hinauf gekommen, und erschrecke nicht, wenn sie sich hin und her bewegen mit Rauschen; aber wenn ich diesen wunderbaren Turm anschaue mit seinen vielen Türmlein, Säulen und Schnörkeln, die immer auseinander heraustreiben und durchsichtig sind wie das Gerippe eines Blattes, dann scheint er mir der Traum eines tiefsinnigen Werkmeisters, vor dem er wohl selbst erschrecken würde, wenn er erwachte und ihn so fertig vor sich in den Himmel ragen sähe; es sei denn, daß er auf sein Antlitz niederfiele und ausriefe: "Herr, dies Werk ist nicht von mir in seiner Vollkommenheit, du hast dich nur meiner Hände bedienet, mein ist nichts daran als die Mängel, diese aber decke zu mit dem Mantel deiner Liebe, und lasse sie verschwinden im Geheimnis deiner Maße." Keiner aber hat dieses wohl erlebt, keiner hat einem solchen Werke seiner Erfindung die Krone aufgesetzt, ganze Geschlechter sind von den Baugerüsten herabgestiegen und haben sich zu Ruhe in die Gräber zu den Füßen des Turmes gelegt, der nichts davon weiß, und dasteht ernst und steinern, der kein Herz und keinen Verstand hat, ja eigentlich ein recht unvernünftiger Turm ist, und doch dasteht, als wäre er aus sich selbst hervorgewachsen und brauche es keinem Menschen zu danken. Dieser gewaltige Ausdruck der Erhabenheit aber in einem solchen Werke, an welchem die Weisheit und Mühe und Andacht von Jahrhunderten an unendlichen Linien des Gesetzes, des Verhältnisses, der Not und der Zier mit halsbrechender Kühnheit hinangeklommen, um auf dem Gipfel dem Herrn zu lobsingen, verbunden mit seinem eigentlichen inneren Tode, so daß er, der alles durch sein Dasein im tiefsten Herzen rühret, doch gar nichts davon mitempfindet, das ist es, was seinem Anblick und der Erscheinung aller gewaltigen Menschenwerke einen Schrecken beimischet. Es ist, als frage er: Was bin ich, und warum bin ich, und was ist es, das dich also rühret in mir? Was können wir ihm aber anderes antworten als: Die Werke des Herrn sind unbegreiflich, er treibt uns, zu bauen und schaffen über das Leben hinaus, denn wir waren unsterblich und vollkommen, und wir sind gefallen in den Tod durch die Sünde; du Turm aber stehe, als ein Zeuge, daß wir dunkel fühlen, was wir waren vor dieser Zeit, und daß wir noch ringen nach unendlichem Ziel; so stehe du dann als ein Träger unsrer Mühe und unsrer Buße zu Ehren unsres Heilands und Seligmachers Jesu Christi, der uns erlöset hat durch sein bittres Leiden und Sterben. Amen.

Also gedachte ich in mir, und wenngleich umgeben von lebenden Bäumen und Blumen, in welchen, wie selbst in den harten Felsen, eine Seele zu wohnen scheint, welche mit dem Menschen atmet und fühlet, im Frühling sich mit ihm freuet, und im Winter mit ihm trauert, konnte ich doch meine Augen nicht von dem Turme wenden. Der Sinn des Menschen strebet immer nach dem Unbegreiflichen, als sei dort das Ziel der Laufbahn und der Schlüssel des Himmels; denn bewundern kann der Mensch allein, und alles Bewunderung Erregende ist ein Bote Gottes, der uns mahnet an das Licht, das wir verloren, und das uns wieder

9

verheißen ist durch das Blut Christi, so wir uns dessen teilhaftig machen. Also ist mir auch immer alle meine Drangsal erschienen als eine Sehnsucht nach einem bessern Leben, und alle meine bittern Stunden waren nur die kalten, stürmenden Tage des Winters, denen der liebliche Frühling, angekleidet mit Blumen und Gesang, folget, so ich säe guten Samen und fülle meine Seele mit dem Lobe Gottes.

In solchen Betrachtungen wollte ich wieder nach dem Sommerhäuslein gehn, sah aber meinen gnädigen Herrn und Ritter gar tiefsinnig mit gefalteten Händen unter einem Baume im Sonnenschein sitzen, und traute nicht, ihm vorüberzugehen, damit ich ihn nicht störe. Ich stellte mich darum in seiner Nähe bescheidentlich an die Laubwand, und nahm mein Barett in die Hände, erwartend, ob er seine Augen vielleicht nach mir wenden möge.

Der Anblick meines Herrn erweckte eine große Ehrfurcht in mir. Ich hatte ihn gestern nicht recht gesehen, denn es dunkelte schon, da er mich am Wege barmherzig zu sich nahm. Er hatte ein schneeweißes Haar am Haupt und Bart, und mochten wohl viele Sorgen über ihn hingeflogen sein. Ich erinnerte mich, nie einen so frommen alten Ritter gesehen zu haben, der mit seinem ernsten und milden Antlitz ein solches Vertrauen in mein Herz senkte. Gott gebe, daß ich also in Ehren grau werden möge! dachte ich bei mir und fühlte mich mit ganzer Seele zu dem lieben Herrn hingezogen. Er aber schien sehr betrübt zu sein, seufzte auch oft und tief, und die kleinen Vöglein, die über ihm in dem Baume so lustig sangen, konnten ihn nicht trösten.

Da ich so eine Weile nach ihm hingesehen hatte, wendete er die Augen zufällig zu dem Orte, an dem ich stand, und redete mich freundlich an mit den Worten: "Wie ist dir, Johannes, daß du so stille dastehest?" Worauf ich ihm entgegnete: "Ich wollte Eure Ruhe nicht stören, Herr; Ihr scheinet mir in schweren Gedanken."

Der Ritter aber sprach hierauf: "Johannes, wie gefällt dir deine neue Heimat; bist du zufrieden bei mir?"

Da sagte ich: "Herr, sollte ich nicht froh sein? Da ich nun weiß, wo schlafen und wo Brot finden und wem dienen um des Herren

10

willen, da weiß ich nun auch, wen lieben, wem danken außer Gott, und für wen beten außer für mich. Herr, meine neue Heimat gefällt mir wohl; Gott gebe, daß ich auch ihr wohlgefalle, und ihrer würdig werde." Da lächelte der Ritter und sprach: "Johannes, wenn dir deine Worte ernst sind, so werden wir gute Gesellen sein, denn deine Rede gefällt mir wohl. Aber was willst du tun, mir wohlzugefallen; was willst du mir geben, da du nichts hast?"

Hierauf erwiderte ich: "Herr, ich bleibe Euer Schuldner vor der Welt, denn ich kann Euch kein Wams geben für das Wams, das ich durch Eure Gnade trage; aber vor Gott gebe ich Euch einen guten Zahlmann, denn vor ihm schenke ich Euch mein Herz."

Da versetzte der Ritter scherzhaft: "Wenn ich dir nun auch mein Herz geben wollte für das deinige, so behielt ich doch das Wams zugute; wie dann, Johannes?"

Worauf ich entgegnete: "Herr, Ihr rechnet so gestreng, als wolltet Ihr mich versuchen in Gegenrechnung, und so muß ich dann schon sagen, daß mein Herz gewiß nicht Wert hat gegen das Eure, welches geprüfet ist durch lange Jahre, da das meinige arm ist und ohne Verdienst, ja da ihm alles Gute, was es gewollt hat, nicht zugute kömmt, da es keinen Wert hat, den es Euch mit sich geben kann, weil der Glaube an die Barmherzigkeit des Heilands nicht mit dem Herzen geschenkt werden kann und dieser Glaube allein doch ein Herz zu beseligen und selig zu machen vermag. So nehmt es denn hin, wie es ist, und füget hinzu, was man nicht mitgeben kann. Doch habe ich noch eine Gabe, deren ich Euch genießen lassen will, und die Ihr mir nicht so leicht einholen sollet; denn sie ist rasch und fliehet davon, auch werdet Ihr sie mit allem Ernste nicht leicht verdrängen mögen; denn sie ist lieblich und lustig anzuschauen, und könnte ich sie Euch wirklich zu eigen geben, so würdet Ihr sie nicht gerne wieder lassen, eine also gute Gesellin ist sie."

Mein Herr, der sehr ernst geworden war, sagte hierauf, traurig vor sich niederschauend: "Und was ist das vor ein Kleinod, Johannes, mit dem du so prahlest?"

Da erwiderte ich: "Herr, es ist meine Jugend; deren will ich Euch genießen lassen, wie ich kann. Damit Ihr Euer Alter vergesset bei mir, will ich Euch erfreuen mit mancherlei fröhlichen Reden und Gedanken."

Aber was ich da zuletzt gesprochen hatte, war wohl töricht und ein schlechter Anfang meiner versprochenen erfreulichen Reden; denn mein gnädiger Herr ward nun sehr stille und finster. Weil ich ihn an sein Alter erinnert hatte, glaubte ich. Da redete ich ihn schüchtern an: "Herr, ich habe Euch mit törichten Worten erzürnet."

Er aber sprach: "Das hast du nicht getan, Johannes, du hast die Wahrheit gesprochen, aber mir ist schwerer aufs Herz gefallen, was mir lange schon darauf liegt, mein Unwert. Nun aber bedenke ich, ob dein fröhlicher Mut mir wohl diese Last von der Brust nehmen wird; aber das mag wohl nicht sein; hast du mich nicht gefunden hier im Grünen, in einem lustigen Garten, von der lieben Sonne beschienen, und angesungen von den unschuldigen Vögelein, nachdenklich und betrübt? Wirst du können, was der Frühling nicht vermag? So du aber Künste gelernt hast, die ich nicht besitze, so wirst du mein Schuldner nicht bleiben, wenn ich gleich selbst ewig Gottes Schuldner bleibe. Setze dich zu mir und sage mir treulich, wie du zur Armut gekommen bist im Guten, und wie es sich mit dir begeben, bis ich dich gestern an der Eiche gefunden habe im Blobsheimer Wald, und dann sollst du ebenfalls von mir hören, warum ich betrübt bin."

Da ich die große Freundlichkeit meines Herrn aus dieser Rede vernommen hatte, faßte ich einen guten Mut, setzte mich zu ihm unter den Baum, und sprach also: "Mein gnädiger Herr und Ritter, es gibt keinen ehrlicheren Weg ins Leben als die Geburt, denn unser Heiland ist ihn auch gewandelt, und so gibt es auch keinen ehrlicheren Weg zur Armut, als in ihr geboren zu sein, denn auch unser Heiland ward in ihr geboren, und so kam ich zur Armut, als ich zur Welt kam. Aber ich bin doch nicht lang arm geblieben; denn ich fand eine unaussprechlich liebe Mutter; die ließ mich an ihrem Herzen schlummern, und sah auf mich nieder mit sorgenden Liebesblicken, und weckte sie mich nicht mit ihren Tränlein, die auf mich niederfielen, so weckte sie mich mit Küssen, und ließ mich ihr eignes Leben aus ihren Brüsten trinken; o Herr, war ich nicht reich, wer ist reicher als ein neugebornes Kindlein?--Ja, ich war so reich,

12

daß ich meiner lieben Mutter Freud und Leid verdoppeln konnte, was Ihr wohl aus einem Liede vernehmen werdet, das meine Mutter oft sang, wenn sie mich in frühster Jugend einschläferte, und habe ich es nach ihrem Tode in ihrem Gebetbüchlein liegend gefunden; es ist aber gestellt, bald als rede ein Kindlein zur Mutter, bald die Mutter zu ihm; nun höret:


O Mutter, halte dein Kindlein warm,
Die Welt ist kalt und helle,
Und trag es fromm in deinem Arm
An deines Herzens Schwelle.

Leg still es, wo dein Busen bebt,
Und, leis herab gebücket,
Harr liebvoll, bis es die äuglein hebt,
Zum Himmel selig blicket.-Und weck ich dich mit Tränen nicht,
So weck ich dich mit Küssen;
Aus deinem Aug mein Tag anbricht,
Sonn, Mond dir weichen müssen,

O du unschuldger Himmel du!
Du lachst aus Kindesblicken,
O Engelsehen, o selge Ruh,
In dich mich zu entzücken!

Ich schau zu dir so Tag als Nacht,
Muß ewig zu dir schauen,
Und wenn mein Himmel träumend lacht,
Wächst Hoffnung und Vertrauen.

Komm her, komm her, trink meine Brust,
Leben von meinem Leben;
O, könnt ich alle fromme Lust
Aus meiner Brust dir geben!

Nur Lust, nur Lust, und gar kein Weh,
Ach, du trinkst auch die Schmerzen;

13

So stärke Gott in Himmelshöh
Dich Herz aus meinem Herzen!

Vater unser, der du im Himmel bist,
Unser täglich Brot gib uns heute,
Getreuer Gott, Herr Jesus Christ,
Tränk uns aus deiner Seite.-Du strahlender Augenhimmel du,
Du taust aus Mutteraugen,
Ach Herzenspochen, ach Lust, ach Ruh,
An deinen Brüsten saugen!

Ich schau zu dir so Tag als Nacht,
Muß ewig zu dir schauen;
Du mußt mir, die mich zur Welt gebracht,
Auch nun die Wiege bauen.

Um meine Wiege laß Seide nicht,
Laß deinen Arm sich schlingen,
Und nur deiner milden Augen Licht
Laß zu mir niederdringen.

Und in deines keuschen Schoßes Hut
Sollst du deine Kindlein schaukeln,
Daß deine Kinder, so lieb, so gut,
Wie Träume mich umgaukeln.

Da träumt mir, wie ich so ganz allein
Gewohnt dir unterm Herzen;
Da waren die Freuden, die Leiden dein
Mir Freuden auch und Schmerzen.

Und ward dir dein Herz ja allzu groß,
Und hattest nicht, wem klagen,
Und weintest du still in deinen Schoß,
Half ich dein Herz dir tragen.

Da rief ich: Komm, lieb Mutter, komm!
Kühl dich in Liebeswogen!
Da fühltest du dich so still, so fromm
In dich hinabgezogen.

14

So mutterselig ganz allein
In deiner Lust berauschet,
Hab ich die klare Seele dein,
Du reines Herz, belauschet.

Was heilig in dir zu aller Stund,
Das bin ich all gewesen;
Nun küß mich, süßer Mund, gesund,
Weil du an mir genesen.

O selig, selig ohne Schuld,
Wie konnt ich mit dir beten;
O wunderbare Ungeduld,
Ans scharfe Licht zu treten!

O Mutter, halte dein Kindlein warm,
Die Welt ist kalt und helle,
Und trag es fromm, bist du zu arm,
Hin an des Grabes Schwelle.

Leg es in Linnen, die du gewebt,
Zu Blumen, die du gepflücket,
Stirb mit, daß, wenn es die äuglein hebt,
Im Himmel es dich erblicket.

So lallt zu dir ein frommes Herz,
Und nimmer lernt es sprechen,
Blickt ewig zu dir, blickt himmelwärts
Und will in Freuden brechen.

Brichts nicht in Freud, brichts doch in Leid,
Bricht es uns allen beiden.
Ach, Wiedersehen geht fern und weit,
Und nahe geht das Scheiden!


Als ich das Lied ganz hergesagt, waren ich und mein Herr Ritter
ein bißchen stille. Dann hob er an und sprach: "Du hast recht, lieber
Johannes, du warst recht reich, eine so liebe Mutter auf Erden zu

finden; das ist ein schönes Lied, aber es ist auch viel Trauer darin; wer hat es denn also gesetzet, daß es am Ende so schmerzlich vom Scheiden spricht?"

Da sagte ich: "Mein Vater hat es gesetzt, als ich noch nicht geboren war, da er von meiner Mutter scheiden mußte, und hat sie ihn nie wiedergesehn, und kenne ich ihn auch nicht." Da brachen mir die Tränen aus, aber mein gnädiger Herr fuhr mir freundlich mit der Hand über das Haupt und sagte: "Sei wohlgemut! Ich will dein Vater sein, das reicht auf Erden hin, Gott gebs!" Da küßt ich ihm die Hand und fuhr fort: "Ach, Herr Ritter, solcher Reichtum an einer so lieben Mutter war noch nicht genug; denn gute Leute nahmen mich auf ihre Arme und trugen mich in die Kirche; da ward ich durch die heilige Taufe aufgenommen unter die Kinder Gottes und ward gereinigt von aller Sünde und ward teilhaftig der Versühnung unseres Herrn Jesu Christi. Da ward ich erst reich über alle Maßen, da hatte ich das ewige Leben und den Schlüssel des Himmels geschenket. Dann aber auch ward mir gegeben viele irdische Herrlichkeit, und was zum Leben nötig und lustig ist; denn ich ward gelehret, daß der Glanz der Sonne all mein Gold sei, der Spiegel der Flüsse all mein Silber, die grünen Wiesen mit ihren Blumen all meine Teppiche und Tapezereien, der Himmel mit seinen blauen gestirnten Gewölben und der grüne hohe Wald alle meine Gebäude und Hallen; ja endlich bin ich so reich geworden, daß mir die ganze Welt offen stand, und alle guten Menschen meine Diener warden, zu denen ich sprechen durfte: Gib mir dies, gib mir jenes; und hatte ich auch keinen Herrn, als den Herrn aller Herren, den lieben Gott, der mir das Leben zu einem Leben gegeben, und in dessen Hände ich es, so der heilige Geist seine Gnade verleiht, und mein Herr Jesus sich meiner erbarmt, ohne große Makel zurückzugeben hoffe, und habe ich mir zum Spruche auf mein Schild erwählt--denn ich bin eines Ritters Sohn--:

Der Himmel ist mein Hut,
Die Erde ist mein Schuh,
Das heilge Kreuz ist mein Schwert,
Wer mich sieht, hat mich lieb und wert."

16

Da lächelte Herr Veltlin und sprach: "Dein Hut ist besser als deine Schuh, die wirst du dir bald ablaufen, aber dein Schwert ist das mächtigste auf Erden und hat einen guten Waffenschmied gehabt, du bist ein guter Ritter, und deine Fahrt mag friedlich abgehen, denn die dich sehen, haben dich lieb und wert. Aber erzähl mir nun dein Herkommen!"

Da zog ich ein Buch aus meinem Buchbeutel und sprach: "Ich will es Euch lesen, denn ich habe angefangen, es mir aufzuschreiben, und zwar so recht ausführlich, wie es mir eingefallen, mit allerlei Rede und Betrachtung; wie mir bewußt ward, daß es gewesen ist und gewesen sein kann." Da sprach Herr Veltlin: "Du kannst schreiben? Johannes, das kann ich nicht, und bin ich begierig zu hören, ob du auch alles so aufgeschrieben, daß ich es wohl genießen mag; denn da die Schrift als etwas Künstlicheres und dem Menschen Merkwürdigeres gegeben wird als gewöhnliche Rede, die schnell dahin fliegt, so soll sie auch des Aufbehaltens würdiger dem Menschen dargereicht werden, und also wohlgesetzt und deutlich sein. Lies nun!" Da hob ich an: Chronika des fahrenden Schülers Johannes Laurenburger, von Polsnich an der Lahn

Dieses Buch ist mir wert und lieb;
Wer es mir stiehlt, der ist ein Dieb.

Ich bin geboren am 20. Mai 1318 zu Polsnich an der Lahn; das ist ein Hof, der gehört zum Kloster Arnstein, darin ich getauft wurde Johannes. Meine Mutter selig wohnte in einem kleinen Häuslein vor dem Hof, und nannte man sie die schöne Laurenburger Els; mein Vater aber, den ich nie gesehen, war der Ritter von der Laurenburg, die dem Kloster Arnstein gegenüber an der Lahn liegt. Was es aber für eine Beschaffenheit mit ihm habe, will ich hier niederschreiben, so viel ich erfahren, wenn ich zu der Zeit in meinem Leben gelange, da es mir selbst bekannt worden.

Das erste, dessen ich mich aus frühster Jugend von meiner Mutter recht deutlich erinnre, ist, daß sie mich lehrte, mich mit dem Zeichen des heiligen Kreuzes zu bezeichnen und die Hände zu falten und das Vaterunser und den englischen Gruß zu beten. Sie sagte mir die Gebete vor, ich schaute nach ihren Lippen und sprach ihr nach, und ich erinnere mich noch recht sehr deutlich meiner großen Freude, als ich zum ersten Male abends neben ihr an ihrem Betschemel kniete, und diese heiligen Gebete mit ihr fertig und ohne Fehl sprach. Jetzt noch, wenn ich bete, ist es mir oft, als schaute ich nach ihren Lippen und spräche ihr nach.

Sie war arm, fromm und arbeitsam, und wenn ich sie gleich später in mancherlei Geschäft gesehen, schwebt mir ihr Bild doch meistens betend, singend oder spinnend vor Augen. Wenn sie mich manchmal abends schon im Bette entschlafen glaubte, wachte ich noch und horchte auf das Schnurren ihrer Spindel und ihren rührenden Gesang; denn sie saß spät auf, ihr Brot in Ehren zu verdienen.

Der Anblick meiner holdseligen Mutter, wenn sie so bei Lampenschein vor sich hinsang und spann, rührte mich oft bis zu Tränen; warum, das weiß der liebe Gott gewiß, zu dem ich wohl zuhörend mit kindischem Herzen für sie gebetet habe.

Einmal weiß ich, daß ich gar sehr weinen mußte; als ich sie nachts bei ihrem Rocken so vor sich hin singen hörte, da fing eine Nachtigall vor unserm Fenster auch an zu singen; es war schon sehr spät, und der volle Mond schien klar und hell. Meine Mutter aber hörte nicht auf zu singen, und sang das Vögelein und sie zugleich. Da habe ich zum erstenmal Traurigkeit empfunden und kindische Sorgen um den Ernst des Lebens gehabt, die ich wohl noch fühle, aber nicht auszusprechen vermag; da habe ich mich auch leise im Bette aufgerichtet und meiner Mutter zugehört. Sie sang aber ein Lied, das lautete also:

Es sang vor langen Jahren
Wohl auch die Nachtigall;
Das war wohl süßer Schall,

Da wir zusammen waren.

Ich sing und kann nicht weinen
Und spinne so allein
Den Faden klar und rein,
Solang der Mond wird scheinen.

Da wir zusammen waren,
Da sang die Nachtigall;
Nun mahnet mich ihr Schall,
Daß du von mir gefahren.

So oft der Mond mag scheinen,
Gedenk ich dein allein;
Mein Herz ist klar und rein,
Gott wolle uns vereinen!

Seit du von mir gefahren,
Singt stets die Nachtigall;
Ich denk bei ihrem Schall,
Wie wir zusammen waren.

Gott wolle uns vereinen,
Hier spinn ich so allein;
Der Mond scheint klar und rein,
Ich sing und möchte weinen!


Besonders traurig aber kam es mir vor, daß der Vogel und meine Mutter zugleich sangen und doch nicht recht miteinander, und hätte ich damals wohl wissen mögen, ob der Vogel auch in seinem Gesange meiner Mutter gedachte, und ob er auch lieber geweint als gesungen hätte. Ich fragte darum meine Mutter mit den Worten: "Mutter, was singt denn die Nachtigall dazu?"

Da sagte sie: "Die Nachtigall sehnt sich und lobet Gott; also tue ich auch. Aber, Johannes, warum wachst du? Schlafe, du mußt morgen früh heraus und mit mir nach Kloster Arnstein gehn; wenn du nicht schläfst, so nehme ich dich nicht mit." Da löschte sie die

Lampe aus, und trat vor mein Bettlein und machte mir das Zeichen des Kreuzes auf Stirne, Mund und Herz und küßte mich, und da ich fühlte, daß sie weinte, schlang ich meine Arme um ihren Hals und drückte ihr Antlitz fest an das meinige, und da weinten wir beide.

Ich fragte sie aber: "O liebe Herzmutter, was weinest du, und warum machst du mir nochmals das Kreuz? Ich habe ja schon gebetet."

"Lieber Johannes", sprach sie hierauf, "ich mache dir immer das Kreuz und küsse dich, wenn ich schlafen gehe, daß dir Gottes und deiner Mutter Segen in der Nacht zugute komme; aber du hast bisher immer schon geschlafen, wenn ich es tat, und wußtest es darum nicht." Aber warum sie weine, sagte sie mir damals nicht. Darauf entkleidete sie sich und legte sich zu Bette, und betete laut, ich aber sprach ihr nach:

Herr Jesus, ich will schlafen gehn,
Laß vierzehn Engel bei mir stehn,
Zwei zu meiner Rechten,
Zwei zu meiner Linken,
Zwei zu meinen Häupten,
Zwei zu meinen Füßen,
Zwei, die mich decken,
Zwei, die mich wecken,
Zwei, die mich weisen
Zum himmlischen Paradeise!

Worauf wir ruhig einschliefen.

Am folgenden Morgen wachte ich früher auf als die Mutter. Die Schwalbe begann zu singen. Ich kleidete mich leise an und trat an das Bett meiner Mutter; die hatte die Hände ruhig gefaltet, und der junge Tag schien auf ihr Angesicht. Ihr Anblick erfüllte mich mit Liebe und Trauer, denn ich hatte Barbara, die Tochter des Hofmeiers, neulich also mit gefalteten Händen stille im Sarge liegen sehn, und ergriff mich eine so tiefe Angst, daß ich meine Mutter mit ungestümen Küssen erweckte. Sie erwachte in meinen Armen, und als ich ihr die Ursache meiner Tränen sagte, nahm sie meine Hände von ihrem Hals und faltete sie, und schloß sie in ihre lieben Hände, und so beteten wir zusammen zu Gott, und dankten ihm, daß er uns diese Nacht erhalten und uns verliehen habe, diesen Tag zu unserer Besserung anzutreten. Am Schlusse des Gebetes sagte die Mutter: "Du hast gefürchtet, ich sei tot, Johannes; sterben müssen wir alle, halte dich an unsern Herrn Jesum und die himmlische Mutter Maria, die werden dir Vater und Mutter sein, besser als dein irdischer Vater und ich, wenn auch ich dich verlassen muß. Und wenn ich einst die Hände so schließe, um zu beten, da ich zur ewigen Ruhe entschlafe, so schließe auch deine Hände so in die meinigen und bete mit mir, auf daß uns der Heiland zusammen in die ewige Herrlichkeit seines Angesichts schauen lasse. "-Da wurd ich still und trat an das Fensterlein unsrer Kammer und sah nach dem kommenden Tag. Als sich aber meine Mutter angekleidet hatte, trat sie hinter mich, und hielt mir freundlich die Augen zu, mit den Worten: "Warte ein wenig, liebes Kind, gleich wirst du etwas sehen, das du nie gesehen." Während sie mir so die Augen zuhielt, fragte ich sie: "Liebe Mutter, ist das Gebet dann kräftiger, und gefällt es dem lieben Gott dann besser, wenn man die Hände so zusammen faltet, wie du mit mir getan?"--"Gewiß", sagte die Mutter, "wenn die, so es tun, sich so lieben wie wir, aber den lieben Gott doch noch viel mehr als einander, und wenn in der Kirche alle Leute zusammen beten und der Priester am Altare betet, da ist das Gebet des Priesters die Hand, in die sie alle ihre Hände gefalten haben. Was habe ich dich von der christlichen Liebe gelehrt?" Da sprach ich: "Du sollst Vater und Mutter lieben, auf daß du lang lebest auf Erden; du sollst deinen Nächsten lieben wie dich selbst und Gott über alles."--"Recht", sagte die Mutter, "o wie selig wäre die Welt, wenn alle Menschen so vereinet beteten, wie wir es heut tun konnten, und wie es eine fromme Gemeinde in der Kirche tut." Da sagte ich kindisch: "Aber alle Menschen können doch nicht ihre Hände zu zwei Händen zusammenlegen. "--"O gewiß, das können sie", erwiderte die Mutter, "und das in unsers lieben Erlösers Jesus Christi Hände, der überall und an allen Orten ist, und seine heiligen Hände für uns am Kreuze ausgespannt hat, uns zu erlösen von der Sünde. Denn er hat uns ja das Gebet gelehret, und er ist die Hand, in welche wir unsre Hände legen müssen, so unser Gebet zu Gott dringen soll; denn er selbst hat auf Erden gesagt:

21

"Alle Dinge sind mir übergeben von meinem Vater, und niemand erkennet den Sohn, als nur der Vater, und niemand kennet den Vater, als nur der Sohn, und wem es der Sohn will offenbaren. Kommet her zu mir, alle, die ihr mühselig und beladen seid, ich will euch erquicken." Und der heilige Johannes sagt: "Der Vater hat den Sohn lieb und hat ihm alles in seine Hand gegeben. Wir haben einen Fürsprecher beim Vater, Jesum Christum, den Gerechten; der ist die Versöhnung für unsre Sünden, doch nicht allein für die unsrigen, sondern für die Sünden der ganzen Welt. Es ist ein Gott und ein Mittler zwischen Gott und den Menschen, der Mensch Jesus Christus, der sich selbst für uns alle zur Erlösung hingegeben hat." Ach, möchten nur alle ihre Hände in des Heilands Hand, in die Gott alles gegeben hat, glaubend, hoffend und liebend legen; dann würden wir alle zusammen schauen in das Angesicht Gottes." Nach diesen Worten tat die liebe Mutter ihre Hände von meinen Augen und sprach: "Gelobet sei Jesus Christus!", und ich erwiderte: "In Ewigkeit, Amen!" und sah mit großer Seligkeit in den Glanz der Morgensonne, die über dem Lahntal hervorstieg. "Ach, Mutter", rief ich aus, "ist dieses Gottes Angesicht?"--"Nein, mein Kind", erwiderte sie, "das ist nur seine erschaffene Sonne, die er über uns arme sündige Menschen scheinen läßt; aber denen, die ihn lieben, hat Gott bereitet, was kein Auge gesehn und kein Ohr gehört hat, und was in keines Menschen Herz gekommen ist."

Ich habe aber damals die Sonne zum ersten Male aufgehen sehen, weil ich so früh vorher nie aufgestanden. Dieses Morgens und aller meiner Mutter Rede und Tun an demselben habe ich bis jetzt gar oft mit großem Nutzen gedacht. Nun aber nahm meine Mutter Linnen, das sie gewebt, und Garn, das sie gesponnen und gezwirnet, um es in dem Kloster zu verkaufen. Sie trug es in dem Korbe auf dem Kopfe, und da ich sie darum gebeten, gab sie mir einige Stränge des Garns zu tragen, welche ich mit einer großen Liebe zu meiner Mutter sehr sorgfältig bis nach Arnstein getragen habe. Wir kamen daselbst in des Abtes Stube, die war mit schönen Bildern ausgemalt; auch handelte der Abt selbst um das Tuch mit der Mutter und war ein heiliger, aber sonst gar freundlicher und lustiger Mann, fragte mich auch, da ich die schönen Bilder an den Wänden so fleißig betrachtete: "Hans, dir gefällt wohl meine Zelle; hast du auch Lust, ein geistlicher Ordensherr zu werden? Wenn du fromm und fleißig bist, kannst du mit der Zeit diese meine Bilder besitzen und Abt sein, wenn ich in dem stillen Konvent unter der Kirche schlafe."

Da erwiderte ich: "Ich hätte wohl Lust dazu, Abt in der schönen Zelle zu sein, Hochwürdiger Herr, wenn meine liebe Mutter mit drinnen wohnen wollte." Da lachte der Abt und sprach: "Lieber Hans, wenn die schöne Laurenburger Els mit in den Zellen wohnen dürfte, möchte wohl das kleine Klosterpförtlein zu enge werden, so viele sollten den heiligen Orden suchen; aber das geht nicht, denn der Herr spricht, wir sollen das Kreuz auf uns nehmen, alles verlassen und ihm nachfolgen; und doch wohnet eine Mutter mit uns in unsern Zellen, die ist noch viel lieblicher und milder als die deine." Da sah ich bald den Abt, bald meine Mutter an und konnte seine Rede nicht recht glauben, sagte auch zuletzt: "Ach, Hochwürdiger Herr, zeiget mir sie!" Da lachte der Abt wieder und sprach: "Mein Hans, zeigen kann man sie nicht, aber wir leben alle in ihrem Schoße, und auch du; es ist die heilige Mutter, die Kirche, welche unser lieber Herr Jesus sich zu einer Braut erkoren; aber das verstehest du noch nicht." Da sagte ich: "Nein!", und er gab mir drei Bildlein aus seinem Gebetbuch, das war St. Jörgen Bild, meines Vaters, Ritter Jörgen von der Laurenburg, Patron, St. Elsbethen Bild, meiner Mutter Patronin, und St. Johannsen mit dem gülden Mund Bild, mein Patron, worüber ich große Freude empfand, und als ich ihm den ärmel küssen wollte, reichte er mir die Hand und sprach: "Johannes, bitte Frau Else, deine Mutter, daß sie dich bald herauf zur Schule tut, da sollst du zur Messe dienen lernen, und für jede Messe einen halben Heller von mir erhalten." Da bat die Mutter den Abt um seinen Segen, und knieten wir beide vor ihm, und er legte seine Hände auf uns und betete.

Meine Mutter ließ aber von dem Geld, das er ihr für die Linnen gegeben, zurück, eine heilige Messe für ihr Anliegen in Sankt Jörgen Kapelle zu lesen, und da der Abt fragte: "Laurenburgerin, was ist Euer Anliegen?", traten meiner Mutter die Tränen in die Augen, und sie sprach mit Schämen: "Das stell ich Gott anheim, Hochwürdiger Herr." Der Abt erwiderte hierauf mit ernster und freundlicher Stimme: "Laurenburgerin, nehmet Euer Geld zurück und wendet es Eurem Kinde zu; ich weiß, Ihr lebet bedrängt, ich

23

will das heilige Meßopfer selbsten für Euch halten und von ganzem Herzen für Euch beten; aber ergebet Euch auch in den Willen des Herrn, und hanget nicht weltlichem Kummer allzu sehr nach." Meine Mutter aber wollte das Geld nicht wieder nehmen und sprach: "Der Himmel segne Euch, Hochwürdiger Herr, für Eure Milde, aber ich bedarf des Geldes nicht, welches ich zu heiligem Opfer erarbeitet; tut des edlen Laurenburgers Weib den Schimpf nicht an, als könne sie nicht ein kleines Opfer erarbeiten." Da sprach der Abt: "So Ihr Euch das zu Herzen nehmet, will ich dafür ein Kerzlein vor St. Jörgen Bild aufstecken lassen. Linnen und Garn gebet unten im Kloster dem Bruder Sulpizius, daß er Chorhemden daraus mache; denn Eure Linnen sind gar fein." Da nahm die Mutter die Linnen, und gaben wir sie unten dem Bruder Schneider; der hielt aber der Mutter den Korb zurück, bis wir aus der Kirche kamen.

In der Kirche gingen wir zur Linken in eine Kapelle; da stand auf dem Altar St. Jörgen Bild, wie er den Drachen durchbohret; den Altar haben die Ritter von der Laurenburg gestiftet und viele Gaben zu dem Kloster getan, haben auch ihr Begräbnis in dieser Kapelle, wie ich nachmals erfahren. Zur Rechten des Altars kniete ich mit meiner Mutter nieder, bei einem steinernen Bilde, das in die Wand gemauert war. Dieses stellte aber einen alten Ritter vor, der hatte ein langes geistliches Gewand an, und legte einem jungen Ritter, der vor ihm kniete, die Hände auf das Haupt. Meine Mutter sah oft und mit recht innerlicher Bewegung nach dem knienden Ritter. Ich betrachtete ihn auch, und empfand eine große Freude an ihm, hätte ihm auch gern etwas Liebes getan und setzte ihm drum einen grünen Kranz auf sein steinern Haupt, den ich mir im Walde geflochten und noch spielend in der Hand trug. Da meine Mutter dies sah, fuhr es wie ein Blitz durch ihre Augen, und umarmte sie mich heftig in der Kirche, aber ihre Wangen wurden schamrot und ihre Augen voll Tränen; da ließ sie mich los und senkte das Haupt auf den Betstuhl. Ich empfand große Bangigkeit um ihre rührende Gebärde. Da trat ein Ordensbruder aus der Sakristei mit einer schönen bunten Wachskerze; die zündete er an der ewigen Lampe an, nahte dann unserm Betstuhl und reichte sie meiner Mutter und mir zu küssen, und als wir dies getan, steckte er sie auf St. Jörgen Leuchter, der neben St. Jörgen Altar stand und gestaltet war wie eine Lanze, die durch einen Lindwurm gestochen ist. Das war die Opferkerze, die uns der Herr Abt versprochen. Nun klang das Glöcklein, und der fromme liebreiche Herr trat mit dem Ministranten zum Altar und las uns die heilige Messe selbst mit großer Andacht. Da sagte mir meine Mutter ins Ohr: "Bete hübsch fromm, Johannes, der stehende alte Ritter ist der alte Laurenburger, dein Großvater, bete hübsch für ihn!" Nun hatte ich den Mut nicht mehr, nach dem Bilde zu schauen, und ward mir mein Großvater von damals an ein gar ernster und sorglicher Gedanke, aber ich habe zum ersten Male gebetet mit einer recht innerlichen Herzensangst, wie früher nie; warum ich aber so gebetet, kann ich mich nicht mehr deutlich entsinnen.

Da die Messe zu Ende war, fragte ich meine Mutter wieder nach dem steinernen Bilde mit den Worten: "Mutter, was macht denn der alte Laurenburger da?" Aber sie antwortete nicht, und sah mit nassen Augen den knienden Ritter an, dem ich das Kränzlein aufgesetzt. Als ich sie nochmals fragte, sagte sie: "Der alte Laurenburger tut, was ich dir gestern abend tat, da ich dich im Bette mit dem heiligen Kreuze bezeichnete." Da fragte ich sie weiter: "Will denn der alte Laurenburger auch schlafen gehn?" Und sie sprach: "Ja, er will schlafen gehn in die ewige Ruhe." Ich aber fragte weiter: "Will denn der kniende Ritter auch schlafen gehn?" Da sprach sie: "Ach, Gott gebe ihm ein seliges Erwachen, so er schon schläft!" und ward wieder sehr traurig, und hob mich hinauf an dem Bilde, mit den Worten: "Küsse den Knienden, habe ihn recht lieb, es ist dein guter Vater." Da küßte ich ihn herzlich und setzte ihm das Kränzlein zurecht auf seinem Haupt, wollte ihn auch nicht lassen. Meine Mutter aber behielt mich auf dem Arme und trug mich aus der Kirche hinaus, und hätte sie schier auch ihren Korb vergessen, der noch bei dem Bruder Sulpizius stand. Der aber kam uns nachgelaufen und brachte den Korb; da war ein schönes weißes Klosterbrot drinnen und ein Krüglein voll Weins, das schenkte uns der Herr Abt.

Sie dankte und ging ruhig mit mir links dem Walde zu, einen andern Weg, als wir hergekommen waren. Sie hatte den Korb am rechten Arme und trug mich auf dem linken; ich sagte ihr, daß ich nicht müde sei, und es ihr sauer werde, sie solle mich gehen lassen.

Aber sie wollte mich nicht loslassen, und ich merkte in ihr eine geheime Lust, mich zu tragen, und sie schloß mich manchmal fester mit dem Arme an ihre Brust, so daß ich den Schlag ihres Herzens fühlte. Da ward ich mir so recht lebendig ihrer Liebe bewußt, und genoß ihrer Güte mit kindlicher Freude; denn sie pflegte mich sonst nicht zu tragen, weil sie, wenn gleich groß und schlank, doch durch manche Sorge und Nachtwache entkräftet war. Sie war zart und weiß mit langen blonden Haaren, und wie goldne Strahlen waren die Wimpern über ihren reinen blauen Augen, die mich noch immer mit Friede, Liebe und Warnung anblicken. Ja, ihr liebes Angesicht war wie ein durchsichtiges Fensterlein ihres Herzens, aus dem ihre Seele mit jeder innern Bewegung errötend und erbleichend zum Himmel schaute. Ihr Mund aber war ruhig und zart geschlossen, und erregte eine züchtige Ehrfurcht. Ich sage dies hier; denn ich werde nimmermehr vergessen, mit welcher Liebe ich damals ihr edles Angesicht betrachtete, und wie gut und holdselig sie aussah, da sie mich so zärtlich durch die freie Luft über die grüne Wiese hintrug, und meine Härlein und ihre langen blonden Haare in dem Winde durcheinanderflogen, und die Lerche über uns, gegen die Sonne schwebend, lobsang. Da war mir unendlich wohl, und meine Sehnsucht, sie nicht zu ermüden, ward so inbrünstig, daß ich glaubend fühlte, ich ermüde sie nicht, und, mit ihren Haaren spielend, zu ihr sagte: "Liebe Mutter, bin ich nicht recht leicht? Mir ist, als träume ich, ich flöge." Sie aber antwortete nicht, als mit einem zärtlichen Druck ihres Arms, und ich begann ihr ihre Haare in Zöpfe zu flechten, daß ihr der spielende Wind nicht beschwerlich fallen möge, und sie ließ es mit freundlichem Hinneigen ihres Kopfes gern geschehen. Da ich aber fertig war und sie mich durch den Wald unter den Bäumen hintrug, brach ich einen grünen Eichenzweig ab, wand ihn in einen Kranz, und setzte ihn ihr auf das Haupt mit den Worten: "Liebe Mutter, nun bist du geschmückt wie der kniende Ritter in St. Jörgen Kapelle, nun hast du auch ein Kränzlein auf, und wenn er uns nun durch den Wald entgegengeschritten käme, würdet ihr euch beide wohl sehr aneinander erfreuen über die schönen Kränze?" Meine Mutter aber antwortete nicht und ging traurig fort, worüber ich auch betrübt wurde.

So zogen wir still und einsam wohl eine Stunde lang durch den

26

dichten Wald, als wären wir die einzigen Menschen auf der Welt, und hätten nicht viel Freude. Nun ward es lichter in den Zweigen, und der Wald endete sich gegen den Rand des Berges, der sich in das einsame Lahntal senkte; hier küßte mich die Mutter und ließ mich an die Erde. Wir standen aber auf einer grünen Waldwiese, die ein frischer Quell erquickte, der mit Umwegen an dem mannigfaltig unterbrochenen Abhange zu der Lahn hinabeilte. Wo wir standen, war die Gegend sanft und mild, ein großer alter Birnbaum hing schwer voll gelber Birnen, und um ihn her standen mehrere Vogelbeerbäume, die mit ihren feuerfarbenen Früchten lustig gegen den dunkeln Wald abstachen; außerdem begrenzten und durchschnitten den Platz mancherlei Fruchtsträucher, Haselbüsche, Johannis--und Klosterbeersträucher, und ich hatte die Fülle zu brechen und zu genießen. Gegen uns über erschien die Gegend ernster. Das Lahntal schließt, von diesem Punkte gesehen, den Spiegel des Flusses mit einer Krümme wie einen tiefliegenden See ein, und die Berge lagen, mit dunklem Walde bedeckt, streng und finster um diesen her, als hätten sie tiefsinnige Gedanken über ein Leid, das hier geschehen. Die Mutter stand stille und schaute ruhig in die Gegend hinein, ich hatte aber den Deckel des Korbes genommen, ihn mit breiten Haselnußblättern bedeckt, und sammelte mit ängstlichem Fleiße die schönsten Brombeeren und Himbeeren, und was sonst an wohlschmeckenden Träublein zu reichlicher Lese sich darbot. Zwischen der Arbeit schaute ich oft nach ihr, sah auch mit Freude, wie der Anblick der Gegend ihr Antlitz zu erheitern schien, und als ich meine Ernte ihr darbot, lächelte sie freundlich, strich mir mit der Hand über die Stirne und sagte: "Schönen Dank, Johannes, du bist ein gutes Kind."

Dann führte sie mich rechts dem Dickicht zu, wo wir nach wenigen Schritten vor einer kleinen verlassenen Hütte standen; der Efeu hatte frei die Wände umrankt, und selbst die verschlossene Tür mit seinem Gitter umzogen. Die Mutter hob mich an einem alten Wacholderbaum in die Höhe, der neben der Türe stand, und ich mußte ihr aus einem Loche in demselben einen Schlüssel holen, mit welchem sie die Türe aufschloß, nachdem ich ihr geholfen hatte, die Efeuranken behutsam, ohne sie zu zerreißen, von der Türe abzulösen. Nun gingen wir durch eine kleine, gerätlose Küche in eine viereckte Stube. Ich trat mit Scheu hinein; denn die wenigen

Strahlen, welche durch die verschlossenen Fensterladen fielen, zeigten mir allerlei große Vögel an den Wänden in unbestimmtem Lichte. Meine Mutter aber stieß sogleich einen Fensterladen auf, und da sah man nach der andern Seite des Lahntals, wo das alte Laurenburger Schloß aus schwarzem Bergwald hervorragte. An den Wänden der kleinen Stube sah ich auf eingemauerten Hirschgeweihen vielerlei ausgestopfte Vögel befestigt, und besonders eine Reihe alter Falken; außerdem lehnten und hingen mancherlei Jagdgeräte, Armbrust, Speere, Netze u. dgl., in schöner Ordnung um einen einfachen Betschemel, der vor dem holzgeschnitzten heiligen Hubertusbilde stand. Da war St. Hubertus abgebildet, wie er vor einem Hirsche kniet, der ihm mit einem Kreuze zwischen den Geweihen auf der Jagd entgegengetreten, da ihm der Herr sein wildes Herz gerührt. Ich betrachtete alle diese Dinge, die ich früher nie gesehen, mit bangem Staunen, während meine Mutter, auf einem hölzernen Stuhle sitzend, still dem Fenster hinaus nach der Laurenburg sah. Alles, was mir seit dem letzten Abend begegnet war, hatte die ruhige Folge der gewohnten Eindrücke in meiner Seele unterbrochen, und wenn ich jetzt zurückgedenke, möchte ich meine damalige Empfindung wohl dem Gefühl eines Rades vergleichen, wenn es in der Mühle plötzlich lebendig werden und sehen könnte, wie es sich selbst und alle die andern Räder sich mit ihm herumdrehen, ohne sich doch gleich vorstellen zu können, was es selbst und die andern Räder eigentlich sollen, und was überhaupt eine Mühle ist. Besonders aber befremdete es mich, daß meine Mutter mit allem dem Geräte der Hütte ganz vertraut war, und in der Hütte tat, als wäre sie immer darin gewesen; darum fragte ich sie mit den Worten: "Liebe Mutter, bleiben wir nun hier, ist dies auch unser Häuslein? Dann will ich uns einen kleinen Garten bauen und ein Vogelsteller werden." Da entgegnete sie freundlich: "Was willst du dann mit den Vöglein anfangen?", worauf ich sagte: "Ich will sie das Vaterunser beten lehren." Da fragte sie: "Weißt du denn, wo dein Vater ist?" Und ich antwortete: "Im Himmel." Nun nahm sie mich zu sich, und ich mußte mich zu ihren Füßen setzen, und da erzählte sie mir ohngefähr das, was ich hier weiter niederschreibe.

Wenn ich auch gleich jedes ihrer lieben Worte jetzt, da ich erwachsen bin, nicht mehr so recht eigentlich wissen kann, dürfte es doch nicht viel anders gelautet haben; denn ich habe mir alles scharf in das Gedächtnis gefaßt, und es mir oft wieder von ihr erzählen lassen, so daß wohl eher zu viel als zu wenig hier stehen mag. Sie sprach aber: "Lieber Johannes, du hast mich seit gestern wohl trauriger als je gesehen, denn ich dachte gestern, da die Arbeit vollendet war, schon daran, wie ich heute alle die Wege gehen würde, die du mit mir gegangen bist. Du hast mich auch gestern abend gefragt, warum ich weine, da ich vor deinem Bettlein stand, aber ich habe dir keine Antwort gegeben, sondern nur mit dir gebetet, damit wir ruhig schlafen möchten. Jetzt aber will ich dir vieles erzählen; denn ich glaube, es wird dir frommen, wenn du früh weißt, wie auf Erden viel Traurigkeit ist, und im Himmel allein die Freude, die wir durch unwandelbare Treue und Stärke in dem irdischen Leide allein verdienen können. Du wirst dann deine Sinne immer mehr zu Gott wenden, und dich führen lassen von seinen Engeln auf Erden, dem Glauben an Jesus, der Hoffnung auf Jesus, und der Liebe zu Jesus, deren Gespielen sind die Einfalt, die Demut, die Unschuld und die Wahrheit. Auch sollst du nicht traurig sein um des Leides willen, das dich auf Erden treffen wird, nein, nur um deine und aller Schuld, deren Strafe das Leid ist. Auch sollst du nicht trauren um deinen Schmerz, sondern allein um die Leiden deines Erlösers am Kreuze, an dem er gestorben ist wie ein unschuldiges Lamm, das dahinnimmt die Schuld der Welt, und zu dieser Versöhnung sollst du dich wenden, und fest an sie glauben und auf sie hoffen, und dich rein erhalten von aller Sünde, damit du deine Seele nicht wieder befleckest, die dein Jesus, dein Erlöser, dein Heiland, dein Gott dir mit seinem heiligen Blute rein gewaschen hat; dann wird dein Glaube, dein Vertrauen alles Leid überwachsen, und du wirst dir ein freudiges Herz erkämpfen zu deinem Gott, der dich erschaffen hat im Vater, erlöset im Sohn und geheiliget im Heiligen Geist."

Was mir meine selige Mutter, die schöne Laurenburger Els, in dem Häuslein meines seligen Großvaters, des Voglers Kilian, auf der Hirzentreu von sich und dem lieben Großvater erzählt hat

Diese Berghöhe heißt die Hirzentreu, und dieses Häuslein, worin wir sitzen, gehörte meinem lieben seligen Vater, dem Vogelsteller Kilian, den man weit und breit nur den guten Kilian und den

29

frommen Falkenmeister nannte. Er ist zu Gott gegangen vor zehn Jahren, und liegt begraben auf dem Kirchhofe zu Kloster Arnstein. Er ist geboren zu Kitzing in Franken, und hat sich dies Häuslein hier selbst erbauet, da er als ein Falkenier des Grafen von Nassau meine selige Mutter, eines Jägers zurückgelassene Waise, zu seiner Hausfrau wählte, und sich hier mit ihr niederließ. Es stehet auch draußen im Garten noch der Baum, an welchem mein Vater meine Mutter zum ersten Male gesehen; da rettete er ihr das Leben; denn als mein Vater einen Hirsch verfolgte, fand das erzürnte Tier hier meine Mutter, welche als ein armes Mägdlein Kräuter für die Klosterherren in Arnstein sammelte, und faßte der Hirsch in seinem Grimm meine Mutter auf die Geweihe. Mein Vater, der herzulaufend dieses sah, schoß einen Bolz von seiner Armbrust nach dem Hirsch, und traf ihn nicht ohne Gefahr meiner Mutter in das rechte Auge, und das verwundete Tier trat ihm, geblendet, nun grade entgegen; da faßte mein Vater einen guten Mut, und riß ihm die halbtote Jungfrau von dem Geweihe, legte sie unter jenen Baum und erquickte sie an dem Bächlein, das hier entspringt. Als sie sich wieder erholt hatte, sahen sie zu ihrer großen Verwunderung, daß der Hirsch neben ihnen im Gebüsche stand, und mit Schmerzen das Haupt bald hin und her schwenkte, bald traurig zur Erde senkte. Da rührte das niederrinnende Blut meinen guten Vater, er trat zu dem leidenden Tiere, zog ihm den Bolz aus dem Auge, und wusch ihm die Wunde mit Wasser aus, welches alles der Hirsch ruhig geschehen ließ. Als aber mein Vater die erschreckte Jungfrau nach Kloster Arnstein begleitete, lief ihnen der Hirsch durch den ganzen Wald nach, was sie beide sehr rührte und ihrem Gespräche eine größere Vertraulichkeit gab. Vor Kloster Arnstein reichten sie sich die Hände, und trennten sich mit der gegenseitigem Versicherung, miteinander in christlicher Ehe zu leben.

Nun machte sich mein Vater von seinen herrschaftlichen Diensten los, baute mit Erlaubnis der Klosterherren diese Hütte, und führte meine Mutter Agnes, als seine liebe Hausfrau, hinein. Der gute Hirsch war durch die Hülfe, die ihm mein Vater geleistet, so mild und zahm geworden, daß er ihm immer zur Seite war, wenn er hier an seiner Hütte mit der Mutter baute. Mein Vater pflegte dabei immer des Hirsches krankes Auge, welches bald ausheilte, aber blind wurde. Hernach, als meine Eltern hier wohnten, hielt sich der

Hirsch immer freundlich zu ihnen, und ich weiß noch recht wohl, daß er, wenn wir aßen, den Kopf hier zum Fenster hereinsteckte, und ich als ein Kind ihm Brot gab. Einstens aber hörte mein Vater ihn in der Nacht heftig schreien; da stand er mit der Mutter auf, und sie gingen hinaus, zu sehen, was dem guten Tiere fehlte. Er war aber im Kampf mit andern Hirschen, welche ihm seines blinden Auges wegen überlegen waren, so heftig verwundet, daß er mit anbrechendem Tage zu den Füßen meiner Eltern starb. Wir weinten um ihn, wie um einen treuen und dankbaren Freund, und hat ihn mein Vater unter demselben Baume, wo er ihn geschossen, begraben, sein Geweih aber in den Baum so befestigt, daß es, zu ewigem Gedächtnis in denselben verwachsen, noch zu sehen ist, und hat mein Vater diese Hütte wegen des treuen Hirschen Hirzentreu genannt.

Meine gute Mutter ist auch bald gestorben, und ich war noch ein so kleines Mägdelein, daß ich nicht recht wußte, was Sterben ist. Ich erinnre mich noch recht wohl, daß ich auf ihrem Bette saß, als sie krank war, und ihr die Fliegen wehrte und ihr alle die kleinen Gebete und Sprüche, die sie mich gelehrt, vorsagte, und meinem Vater zur Hand ging, sie zu pflegen, soviel es ein Kind vermag. Da ich nun oft, wenn meine Mutter Arzneikräuter suchte, mit ihr im Walde gewesen war, und sie mir dabei allerlei Heilkräfte der Pflanzen mitgeteilt hatte, so war meine Seele damals so erfüllt von der Begierde, ihr zu helfen, daß ich einstens in der Nacht vor einbrechendem Tage in den Wald hinauslief, um ihr einige Kräuter zu suchen, von welchen mir geträumt hatte. Ich lief lange herum und suchte mit unbeschreiblicher Angst die Kräuter, welche ich mich vorher gesehen zu haben nicht erinnerte. Schon stand die Sonne hoch am Himmel, und ich war weit von unsrer Hütte verirrt, aber ich vergaß, vor Begierde, das Arzneikraut zu finden, meinen Hunger, und als ich endlich in großer Ermüdung niederkniete und mit Tränen zu dem lieben Jesuskinde betete, es möge mir doch das Kraut suchen helfen, ich wolle ihm auch mein Brot schenken, bin ich darüber vor Müdigkeit entschlafen. Nach einigen Stunden erwachte ich, und sah eine schöne edle Frau vor mir stehen; ein Diener führte ihr Roß, auf welchem ihr Söhnlein saß, und war sie abgestiegen, als sie mich so allein im wilden Walde liegen sah. Sie fragte mich, wer ich sei, und da ich ihr gesagt, ich sei Voglers Els von der Hirzentreu, und heute früh ausgegangen, ein Kräutlein für die kranke Mutter zu suchen, küßte sie mich und sagte, daß sie mich heimfahren wolle mit sich nach der Laurenburg, denn sie war die Hausfrau des alten Laurenburgers, deine Großmutter; von da wolle sie mich über die Lahn nach der Hirzentreu bringen lassen. Sie setzte sich nun auf das Roß und nahm mich vor sich auf des Pferdes Hals; ihr Söhnlein aber, Jörg, saß hinter ihr und hatte sie mit den Armen umfaßt.

So zogen wir ein Stück Wegs nach dem Lahntal hinab, und hatte ich schier auch alles vergessen; denn das Reiten, die fremde Frau und ihr Söhnlein, das mancherlei kleine Lieder mit ihr sang, beschäftigten meine Seele. Aber der Hunger fing mich an zu drücken, und ich bemerkte mit Weinen, daß ich mein Brot nicht mehr in meiner Tasche fand. Da fragte mich die Edelfrau: "Els, was weinst du?" und ich sagte ihr: "Ich hungre, denn ich habe dem Jesuskind mein Brot gegeben, und das Kräutlein von ihm erhalten, aber nun habe ich das Kräutlein verloren und hungre", und dabei verlangte ich heftig, sie möge mich in den Wald zurücklassen, das Kräutlein zu suchen. Ich mußte der Edelfrau das Kraut aber beschreiben, denn seinen Namen wußte ich nicht. Da sagte sie auf einmal: "Mein liebes Kind, du hast wohl geträumt, aber die Barmherzigkeit Gottes ist groß, denn sieh, mein Diener trägt ein solches Kraut in einem feuchten Tuche eingeschlagen in seinem Wadsack auf dem Rücken; dies Kraut aber wächst nicht hier zu Lande, sondern habe ich es im Kloster Arnstein, wo ich zur Beichte war, von dem Gärtner erhalten, der es von einem Priester aus fremden Landen jenseits des Meeres hat." Da mußte der Knecht den Wadsack öffnen, und siehe da, es war dasselbe Kraut darinnen, das ich im Traume gesehen. Meine Freude war unaussprechlich, und die gute Edelfrau befahl dem Knechte, sogleich das Kraut meinem Vater zu bringen, und ihm zu erzählen, wie ich es gesucht, und wie mich die Edelfrau mit nach der Laurenburg genommen. Der Diener kannte meinen Vater gar wohl und lief mit Freuden die Waldstege nach unsrer Hütte zu. Nun ritt die Edelfrau mit mir und ihrem Söhnlein allein vollends zur Lahn hinab und an einer seichten Stelle hinüber nach der Laurenburg, wohin der Diener bald auch kam und mich auf dem Kahne zu meinen Eltern hieher zurückbrachte. Die gute Edelfrau hatte mir viele Liebe erwiesen und gab mir noch ein

32

Krüglein mit altem Wein, und einige stärkende Gewürzküchlein für die kranke Mutter mit, und versprach, sie selbst morgen zu besuchen. Ihr Söhnlein aber, das nicht zugegen war, als ich aus der Laurenburg ging, kam mir bis zum Wasser nachgelaufen und gab mir einen ganzen Rosmarienstock, den er aus seinem Gärtlein ausgerissen, und sprach: "Du Kleine, das stell an deiner Mutter Bett, das ist ein guter Ruch, wenn man siech ist. Elslein, komm wieder!" Da gab er mir die Hand, und wir schieden.

Als wir auf Hirzentreu ankamen, trug mich mein Vater an der Mutter Bette; die umarmte mich und sagte: "Els, ich habe den ganzen Tag nicht leben und nicht sterben gekonnt aus Sorge, daß du verloren seist; Gott aber hat mich wunderbar getröstet durch das, was geschehen, und hat mir dein Vater von dem Kraute einen Trank gekocht, der hat mich wunderbar erquicket." Da gab ich dem Vater den Rosmarienstock, der pflanzte ihn in einen schönen neuen Krug neben der Mutter Lagerstätte, und nun nahm der Diener Abschied, nachdem er den Wein und die Würzküchlein dem Vater gegeben.

Es war darüber Abend geworden, mein Vater gab der Mutter noch von dem Weine und der Würze, und sie fand sich so gestärkt, daß sie das Abendlied mit dem Vater mit großer Andacht leise mitsang, worüber ich zu ihren Füßen auf ihrem Lager entschlief. Gegen Morgen aber weckte mich der Vater und sagte mir mit Weinen: "Wach auf, lieb Elslein, und schau nach der Mutter, und gib ihr, was sie verlangt; sie ist gar krank, und ich will nach Kloster Arnstein laufen um die letzte heilige Wegzehrung für sie. Halte dich still, so sie schläft, und bete still, und so sie es verlangt, reiche ihr zu trinken, auch schaue nach dem brennenden Kienspan im Kamin, daß kein Unglück entsteht." Dann trat er zur Mutter, trocknete ihr das Antlitz und sprach: "Gott erhalte dich, liebe Agnes, zu christlichem Geleite, ich geh nach Kloster Arnstein; O wie ist dir, liebe Agnes?" Da sagte die Mutter: "Ich lege wie ein Kind mein krankes Haupt in den Schoß dessen, der gesagt hat: "Ich will euch trösten, wie einen seine Mutter tröstet", und ich habe das Vertrauen, er wird mich mit vollem Troste von dir scheiden lassen; so gehe dann hin, und bringe mir den letzten Trost!" Da küßte sie der Vater und ging fort.

33

Ich aber redete leise zu Füßen des Bettes: "Mutter, darf ich zu dir kommen?" Da sagte sie: "Ja, lieb Elslein, doch steh erst auf und bringe mir das kleine Kreuz aus meiner Truhe; mich verlanget sehr darnach." Geschwind eilte ich an die Truhe, doch der Deckel war so schwer, daß ich ihn nicht erheben konnte; das klagte ich der Mutter, die sagte: "Elslein, bete! Der dir das Kraut gebracht, das mich so erquickte, wird dir auch helfen, die Truhe zu eröffnen, so du ihm vertrauest." Da fiel ich vor der Truhe auf die Knie und betete, Jesus möge mir die Truhe eröffnen, und Gott erbarmte sich meiner, ich öffnete die Truhe mit kleiner Mühe und brachte der Mutter das kleine Kreuz. Es ist dasselbe, welches noch in Polsnich an meinem Bette hängt, und unsre Truhe zu Haus ist auch dieselbe Truhe. Die Mutter nahm das Kreuz in ihre gefalteten Hände und küßte es, und drückte es an ihr Herz, und ich legte mich zu ihr auf das Hauptkissen und drückte meine Wange an die ihrige. Sie sprach nicht, sie flüsterte betend, und so entschlief ich; bald aber weckten mich laute Worte von ihr, und ich hörte sie sagen: "Hüter, ist die Nacht schier hin? Wer da? Gut Freund! Sei getrost! Ich bins! Fürchte dich nicht! Herr, bist du es, so heiße mich zu dir kommen auf dem Wasser!" und nach diesen Worten bewegte sie sich mühsam im Traume. Ich verstand sie nicht, und weckte sie mit Küssen: "Lieb Mutter, was verlangt dein Herz?" Da schlug sie die Augen auf und sagte: "O mein Jesus, ich bin noch nicht bei dir! Elslein, mein Kind, sage, hast du den lieben Heiland gesehn, wo ist er hingegangen?" Ich verstand sie nicht, und suchte ihr das Kreuzlein in dem Bette, das ihren Händen entfallen war, und legte es ihr wieder in die Hände mit den Worten: "Herzmutter, da ist der liebe Heiland." Da küßte sie das Kreuz wieder, und sagte dann: "Elslein, ich war allein auf einem Kahn auf einem großen Wasser eine lange, lange Nacht, kein Stern am Himmel, und sehnte mich nach dem Tage; endlich sah ich ein Sternlein, das zog leise über das Wasser, wie ein Wächter durch die Flur, und da rief ich mit aller Macht: "Hüter, ist die Nacht schier hin?" und der Stern antwortete: "Wenn der Morgen schon kömmt, so wird es doch Nacht sein; wenn du schon fragest, so wirst du doch wieder kommen und wieder fragen." Da kam es gegen mich über die Wogen geschritten, und ich sah, daß es eine einsame Gestalt war. Da rief ich: "Wer da?" und es antwortete: "Gut Freund!" Ach, da ward mein Herz so freudenvoll, und ich gedachte: Sollte es wohl mein Jesus sein? Da

34

sprach er: "Sei getrost, ich bins, fürchte dich nicht", und ich sprach: "Herr, bist du es, so heiße mich zu dir kommen auf dem Wasser." Da winkte er mir, und ich trat aus dem Kahn auf das Wasser, konnte aber den Herrn nicht erreichen, der vor mir herschwebte, wie eine Wolke oder ein Schatten, und wenn ich so recht mutig und begierig auf ihn zuging, und recht glaubte, daß er es gewiß sei, daß er sich meiner erbarmen werde und einen Eliaswagen vom Himmel rufen, mich zu sich hineinsetzen und zu dem himmlischen Paradiese fahren werde, ach, da war er mir so nah, so nah, daß ich schon das Wehen der Seligkeit fühlte; dann kam aber plötzlich eine Welle und erhob sich ein Wind, und ich verzagte und glaubte zu versinken auf dem Wasser, und wie meine Sorge wuchs, schwand das Bild des Herrn vor mir in die Ferne, ja, es ward wieder zu dem einsamen Stern, den ich zuerst gesehen, und auch der verschwand. Da war ich ganz allein auf dem Wasser, und der Kahn trieb zu mir her, da sah ich dich drauf sitzen und nach mir weinen, und ich wandelte mit Mühe zu dir hin, und saß bei dir im Kahn, und herzte dich, und du entschliefst in meinem Arme. Ich aber wachte, und die Nacht ward wieder so lang, so lang. Da hörte ich den Flügelschlag einer Taube durch die Luft, und ich rief abermals mit großer Sehnsucht: "Hüter, ist die Nacht schier hin?" Es flog aber ein Täublein über meinem Haupt, das rief zu mir: "Lege Flügel der Liebe an, und folge mir nach, deine Seele findet nicht, da sie ruhe auf der Sündflut; sieh, der himmlische Noah strecket seine Hand aus der gestirnten Arche, aus der du ausgeflogen, um dich wieder hineinzunehmen; aber achte, daß dein Gefieder rein sei!" Da sah ich den Himmel voll Sterne; aus dem blickten die Hände, die Füße und die Seite des Herrn, und die heiligen fünf Wunden leuchteten wie Rubin und bluteten hernieder, und die Taube flog ihnen zu; ich aber hatte Flügel und breitete sie aus und wollte sie schwingen, aber sie waren schwer und unrein; ich rief aber: "O Herr, nur einen Tropfen deines Blutes auf meine Flügel, und sie werden gereinigt sein." Und es floß nieder zu ihnen, da waren sie rein, und ich schwang sie freudig, aber du lagst in meinem Schoß; da wollte ich dich küssen und Abschied nehmen von dir, da schlangst du die Hände um mich und wolltest mich nicht lassen, und deine Worte erweckten mich von dem seligen Traume."

35

So erzählte mir die kranke Mutter, was ihr geträumt, und ich hörte ihr mit noch größerer Aufmerksamkeit zu, als wenn sie mir sonst eine Geschichte erzählte. Da sie geendet hatte, sagte ich zu ihr: "Mutter, das war sehr schön, aber schlafe wieder ein, und wenn die Taube wieder kömmt, so bitte sie, daß ich auch mit fliegen darf, ich will auch recht beten; der mir das Kräutlein gegeben, und mir die Truhe geöffnet, der wird mir auch gewiß Flügel geben, daß ich mit dir fliegen kann."--"Das wird er gewiß, liebes Elslein, so es dir gut ist", sagte die Mutter, "aber wenn ich wieder einschliefe, und das Täublein käme wieder, und ich flöge mit ihm fort, so würdest du gewiß gern zurückbleiben bei deinem Vater, daß er nicht allein sei, so ich dich darum bitten würde." Da sagte ich zu ihr: "Ja, das will ich, so du bald wiederkehrst, und mir etwas mitbringest." Sie aber antwortete: "Ich werde nicht wiederkehren, doch werdet ihr mir nachfolgen, und da wird alles voll Herrlichkeit sein; aber hörst du, Elslein, du mußt mir den Abschied nicht schwer machen, und auch den Vater trösten, wenn er weinen sollte, und ihm erzählen, wie ich dir gesagt, daß ihr mir nachkommen werdet; denn das Täublein wird bald kommen, mir ist, als höre ich schon seinen Flügelschlag." Da küßte ich die Mutter und sagte: "Ich will tun, wie du willst, und will dein gutes Elslein sein", und die Mutter küßte mich wieder mit den Worten: "O du gutes, gutes Elslein!" Dann bat sie mich, ihr das Lied von der Taube zu sagen, das sie mich gelehrt; da sprach ich:


Hör, liebe Seel! Wer rufet dir?
Dein Jesus aus der Höhe:
"Komm, meine Taube, komm zu mir!"
Den Ruf ich wohl verstehe.

Wenn ich soll deine Taube sein,
Mußt du mir Flügel geben;
Die wasch in deinem Blut ich rein,
Und werde glaubend schweben.

Du rufest mir! Wie arm ich bin,
Darf ich zu dir doch kommen;

37

Die Mängel hat dein treuer Sinn
Ja all von mir genommen.

Sag, Herr, wird auch ein Nestlein fein
Für mich bei dir gefunden?
"Ja, meine Taube, komm herein,
Wohn hier in meinen Wunden!"

Mein Jesu, ach, was willst du mir
In deinen Wunden geben?
"Durch meine Wunden, sag ich dir,
Fliegst sterbend du zum Leben."

Wohlan, es zielt des Todes Pfeil,
Er wird mich nicht verderben;
Zu deinen Wunden, Herr, ich eil,
Da werd ichs Leben erben.

Da ich der Mutter das Lied hergesagt, war sie leise wieder eingeschlummert. Der Tag brach an, und ich nahm ein Zweiglein von dem Rosmarienstock, der bei ihrem Lager stand, und gab es ihr zu dem Kreuze in ihre gefalteten Hände. Da flog auch die Turteltaube, welche bei unserm Haus nistete, an das Fenster und pickte daran und rief: "Ruckuck." Sie tat es sonst alle Morgen, denn ich streute ihr Futter dahin, aber heute hatte ich nicht den Mut, und gedachte: Ach, da kömmt die Taube schon, welche die Mutter mitnehmen will, aber ich soll ihr den Abschied nicht schwer machen. So stand ich leise, leise von der Seite der Mutter auf, und ging hinaus und kniete an dem Bächlein in das Gras und betete für sie. Da hörte ich ein Glöcklein im Walde und sah bald meinen Vater kommen; der trug eine Leuchte, und zwei Ordensherren gingen mit ihm, deren einer trug das Hochwürdige Gut, und der andere das heilige Öl, und ihnen folgten einige fromme Männer und Frauen, die stille beteten. Da lief ich meinem Vater entgegen und sprach: "Herzvater, die Himmelstaube ist schon da, welche die Mutter abholen will; wir dürfen aber nicht gleich mit, ich habe es ihr versprochen, bei dir zu bleiben und dich zu trösten, bis wir nachkommen in die Herrlichkeit." Mein Vater verstand mich wohl und trat mit dem Geistlichen in die Hütte, ich aber blieb draußen und betete mit den Begleitern. Hernach kam die Edelfrau von der Laurenburg mit ihrem Söhnlein, dem Junker Jörg, über die Lahn zur Hirzentreu, wie sie den Abend vorher mir versprochen, und derselbe alte Diener war wieder bei ihr. Die Edelfrau ging zu meiner Mutter hinein, der Junker aber blieb bei mir, und wir spielten im Gras an der Quelle; er fragte mich auch nach dem Rosmarin, den er mir gegeben für meine Mutter; da erzählte ich ihm von der Taube und von allem. Nach einiger Zeit aber trat die Edelfrau heraus und nahm mich mit in die Hütte, da lag die Mutter ganz still, und der Vater kniete an ihrem Bette und weinte; da ich zu ihm trat, hob er mich zur Mutter, und sprach: "Agnes, segne das Elslein, ehe du scheidest", und er legte der Mutter Hand auf mein Haupt. Die Mutter aber sagte: "Gott segne dich, tröste den Vater, bis ihr nachkommet. Elslein, ich fliege schon." Da sah sie mich mit unaussprechlicher Liebe an und wendete dann den Blick zum Himmel. Ich sprach: "Geleit dich Gott, lieb Mutter!" und weinte laut. Da trug mich die Edelfrau hinaus zu ihrem Söhnlein, dem erzählte ich alles, und da ein paar Tauben hinüber zur Laurenburg flogen, streckten wir beide kindisch die Hände aus und riefen: "Da fliegen sie, da fliegen sie, geleit dich Gott, liebe Herzmutter!"

Hernach nahm mich die Edelfrau mit nach der Laurenburg, und ich blieb bis zum andern Tag dort, da die Mutter schon im Kloster Arnstein begraben war. Der alte Knecht aber war bei meinem Vater geblieben, und war mein Vater einen ganzen Tag in Kloster Arnstein gewesen, des Trostes der geistlichen Herren zu genießen. Die Edelfrau ist auch mit zu Grabe gewesen, und da sie nach der Laurenburg kehrte, brachte sie ihren Herrn, den Ritter von der Laurenburg, und den ältern Sohn, Johann, mit welchem der alte Laurenburger bei dem Grafen zu Nassau gewesen, der des Johann Taufpate war, und hatte die Laurenburgerin ihnen auf der Heimkehr begegnet. Der Ritter war mir freundlich und gab mir Wecken von des Grafen von Nassau Tisch, und da seine Hausfrau ihm den frommen Tod meiner Mutter erzählet, war er sehr mitleidig mit meinem Vater, und sprach: "Der Graf Johann hat noch heute zu Tisch von dem frommen Falkenmeister gesprochen, und vor allen seinen Dienern sein in Ehren gedacht, ich habe ihm auch versprechen müssen, den Vogler von ihm zu grüßen, und will er ihm nächstens einen kranken Falken schicken, daß er ihn pflege. Komm, Elslein", sagte der Ritter dann zu mir, "ich will dich selbst zu deinem Vater bringen; es ist noch hoch am Tage, und mag er wohl Trostes bedürfen." Da brachte mich der Ritter wieder zur Hirzentreu, und ging Georg wieder mit. Die Edelfrau aber blieb mit Johann zurück; der sollte ihr von dem Wesen des Grafen von Nassau erzählen. Wir fanden aber meinen Vater mit dem Laurenburger Knecht vor der Türe sitzen in stillem Gespräch, und als dieser seinen Herrn herankommen sah, der mich auf dem Arm den steilen Pfad herauf trug, stand er auf und trat beiseite; mein Vater aber lief mir entgegen, nahm mich von des Ritters Armen und herzte mich unter Tränen. Da sprach ihm der Laurenburger ehrlich zu und getröstete ihn, so gut er es vermochte, setzte sich auch zu ihm auf die Bank und erzählte ihm von des Nassauers Gunsten zu ihm, und sprachen sie mancherlei, nicht als ein Ritter zu einem Knecht, sondern als gute Nachbarn und Freunde, denn das Unglück machet Gesellen. Es war aber dem Laurenburger auch seine erste Hausfrau mitsamt dem Kindlein in dem Kindelbett gestorben; deren gedachte er mit vieler Liebe. Unter solchem Gespräch stand ich zwischen meines Vaters Knien, und Georg neben dem Laurenburger, und spiegelten uns in dessen blankem Brustharnisch, und lachten, weil es, hohl geschliffen, unsre Gesichter auf mancherlei Weise verstellte. Dann sagte mir der Vater ins Ohr, ich möge den Wein und die Würze von der Mutter Tischlein bringen; da ging ich zur Stube, aber die war ganz anders geworden; wo das Bett gestanden, stand der Betschemel und das Altärlein, und hing ein neu Muttergottesbild an der Wand, und an demselben der Mutter und des Vaters Brautkränzlein, ihre Spindel aber stand vor meinem Bänklein, und war alles gar verändert. Das hatte meinem Vater der gute alte Laurenburger Knecht so geordnet, daß er seines Leids desto eher vergessen und ein neues Leben anfangen möge.

Nachdem ich mich genugsam über alles gewundert, nahm ich den Wein und die Würze, was von dem Geschenk der Laurenburgerin noch übrig war, und brachte es dem Vater hinaus; der reichte den Krug dem Ritter. Da trank der Herr, und mußte ihm der Vater Bescheid tun. Auch sagte der Ritter: "Das ist ein köstlicher Wein, den man wohl dem Kaiser bieten dürfte; Ihr habt ihn wohl aus einem Klosterkeller? Einem Edelmann wächst solcher Wein nicht um die Lanze, der schmeckt nach dem Krummstab." Mein Vater lächelte und sagte: "Gnädiger Herr, Ihr habt von dem Euren getrunken, aber er hat auf einem milden Fasse gelegen; denn Eure liebe Frau Ida hat diesen Trunk meiner seligen Agnes zur Labung gebracht, und wenn er Euch besser schmeckt als zu Haus, so ists, weil Ihr Gottes Segen schmecket." Da trank der Laurenburger nochmals, und sprach: "Wahrhaftig, in Gottes Segen soll man den Wein legen, in Gottes Segen soll man des Weines pflegen, in Gottes Segen gedeiht der Wein auf allen Wegen. Das Faß, aus dem Frau Ida diesen Krug gefüllt, muß mir ebenso gut werden; Ihr müßt mir wohl erlauben, daß ich es mit Euch hier oben austrinke, Kilian, da es mir so wohl bei Euch geschmeckt." Da dankte mein Vater dem Ritter herzlich, und sprach: "So Ihr einen armen Mann nicht verschmähet, will ich Euren Zuspruch hoch in Ehren halten, aber Ihr müßt dann auch von meiner Wasserquelle hier trinken, da fließt auch Gottes Segen drin." Nun schied der Ritter freundlich von uns mit den Seinen, und ich ging mit dem Vater in unser einsames Häuslein, worin die Mutter nicht mehr war.